가끔은, 느린 걸음

가끔은, 느린 걸음

김병훈 지음

가끔은 느린 걸음으로 걷고 싶다

일요일 오후 2시, 지금 나는 정원의 작은 벤치에 앉아 주위를 둘러보고 있습니다. 엷은 나무 그늘 안에서 읽기 힘든 책 속의 단어와 문장을 이해하려 애쓰기도 하고, 나지막이 들리는 주변 소리에 귀를 기울이기도 하면서요. 정원 안에는 따뜻한 봄볕에 기지개를 켜며 이리저리 분주하게 움직이는 곤충들과 키 작은 들꽃들이 함께합니다.

잠시 후, 벤치에 볕이 들기 시작합니다. 슬리퍼를 벗어 햇살에 발을 맡기고, 살랑거리는 봄바람에 발가락을 꼼지락거려 봅니다. 따스하고 보드라운 햇살은 조금씩 위치를 바꿔 가며 발을 감싸 줍니다. 고개 들어 하늘을 올려다보니 엷은 비췻빛이 섞인 푸른색에, 구름은 농도가 짙은 티타늄 흰색을 띠고 있네요. 큰 구름에서 떨어져 나온 작은 뭉게구름이 심심한지 편을 나눴다가 겹쳐지길 여러 번 반복합니다.

누군가 화단에 물을 뿌리고 있습니다. 동그란 물줄기가 그의 손가락 모양을 따라 움직입니다. 순간순간 변하는 불규칙한 형태로, 때론 둔탁하게 때론 경쾌하게 또 부드럽게 흐르네요. 오늘은 이곳에 소낙비가 들를 필요가 없겠네요. 다시 정원은 고요하고 평온한 시간 속으로 흘러들어 가기 시작합니다.

세상의 풍경을 렌즈 속에 담기 시작한 후로 걷고, 걷고, 걷고⋯ 또 걸었습니다. 몇 년 동안 돌아다니는 것에 취해 스스로 무엇을 하는지도 모를 만큼 제가 사는 도시 곳곳을 하염없이 걸으며 공간과 공간 속의 사람들을 만나 렌즈에 담아 왔습니다. 그렇게 공간 속으로, 사람들 사이로 그리고 사물과 사물의 틈 사이로 들어가 추억과 기억, 시간을 온전하게 기록하고 싶었습니다.

늦은 저녁이면 새빨갛게 부어오른 발바닥을 따뜻한 물에 담그고 잠시 휴식 시간을 가져 봅니다. 그날 가 본 곳과 그곳에서 만났던 사람들을, 한 곳 또 한 곳, 한 사람 또 한 사람씩 되새기며 기억의 저장고에 쌓아 둡니다.

셀 수 없이 많은 날 동안, 주변의 모든 것을 만나고 또 만났던 일을 사랑하는 이들과 오래도록 나누고 싶습니다. 사진만으로는 부족한 부분을 글이 돕고 글이 부족한 부분은 사진이 돕기를 바라며 사진과 글에 담긴 제 감정과 생각이 당신에게 오롯이 전해졌으면 합니다.

어제와 지금, 순간순간이 쌓이고 쌓여 오늘 하루가 또 지나갑니다. 당신의 내일은 어떤 날이 될까요?

김병훈

차례

먼발치에서 바라보다   8

숨, 그리고 사람들   48

여름의 온도   86

비, 비 그리고 비   124

지나온 것들을 추억하다   158

여행, 뒤로 걷기   196

슬로우 슬로우 슬로우   232

먼발치에서 바라보다

창경궁에 스물아홉 번째 들른 날
가을 단풍나무

풍금(楓禁), 풍신(楓宸), 풍폐(楓陛)라는 단어를
어렵게 들춰 보던 문헌에서 찾았다.
모두 임금이 거처하던 궁궐을 뜻하는데
왕이 머무는 곳, 그 땅엔 단풍나무가 많았다고 한다.
일하던 곳이 궁궐과 지척이어서 창경궁에서
시간을 자주 보냈다. 그곳에서 단풍나무의
곱고 숭고한 자태를 알아차린지 그리 오래되지 않았다.
그늘지거나 습기가 있어 시원한 곳, 큰 참나무와
때죽나무 사이엔 언제나 단풍나무가 자라고 있었다.
춘당지 주변 가장 큰 소나무와 벚나무가 서로
기대 서 있는 곳, 그 옆으로 늘어지고 빽빽이 들어선
단풍나무 줄기가 우거진 곳이 특히나 좋았다.

이들 은행나무는 금실이 좋아 보인다
참 신묘하다

고등학교 2학년 때 처음 지척에 나란히 붙어 자라는
큰 은행나무 두 그루를 보았다.
인연이었던지 그 후 우리는 오랜 시간을 같이했다.
풍매화인 은행나무는 수정을 위해 바람의 도움을 받는다.
매년 열매가 그득하게 열려 그 아래를 지나는
이들의 코를 괴롭히지만,
그 짙은 향 그대로 건강한 모습으로
오랜 시간 함께해서 좋다.

산들산들

동틀 무렵, 대나무 내음이 살랑살랑 내 코를 자극한다.
산들산들 바람이 불어 고개 돌려 보니 작은 대숲이 보인다.
지난해 옆집 할매 쓸데없이 심었다고 투덜거려
그런가 보다 했는데….
"할매! 쓰임새가 없긴, 바람에 흔들흔들 나와 놀아 주니
없었으면 크게 서운할 뻔했네."

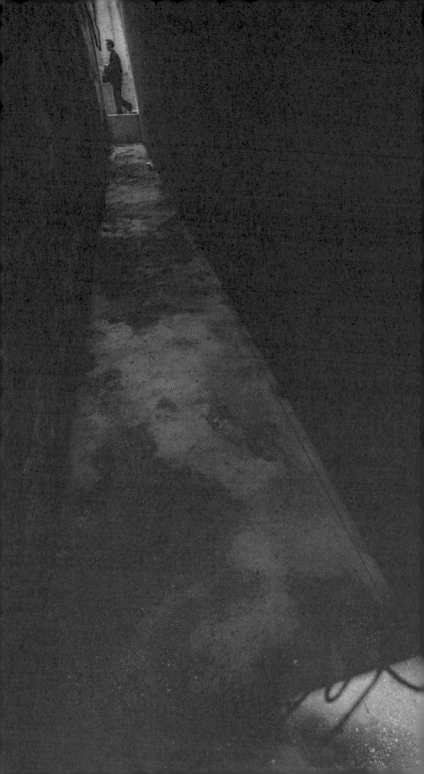

자투리 땅

건물 리모델링 공사를 끝내고 나니 좁고 긴 통로가 생겼다.
어른들이 나와 옥신각신 싸우다가 관할구청 직원을 불러
땅의 임자를 가렸다. 개나 고양이가 지날 수 있을 만한 통로,
오래전 지적도를 그리는 직원이 경계선에 손을 댈 때
두꺼운 펜으로 그려 생긴 불가사의한 영역.
예전에는 서로 기대어 건물을 지었지만, 최근 인심을 말해 주듯
요즘은 건물을 서로 붙여 짓지 않는다고 한다.
구청 직원은 다시 측량 기사를 불러 땅 주인을 확인한다.
서류상 근거가 나오질 않으니 끝내 해답을 찾지 못하고
이젠 측량 비용을 누가 낼지 가려야 한단다.
그건 그렇고 땅임자는 이 좁은 통로를 무엇에 쓸 수 있으려나?

식물 이름
읽고 쓰기 먼저

누이와는 달리 사교육을 많이 받지 못한 나는
늘 '유치원은 어떤 곳일까? 피아노 학원은?'
상상해 본다. 또래 친구들이 이곳저곳을 다니느라
바쁠 때 나는 그 대부분의 시간을 집에서
어머니께서 적어 놓은 꽃 이름과 나무 이름,
동물 이름, 주변 사물의 이름을
또박또박 읽고 쓰면서 보냈다.
가 보거나 해 보질 않았으니 알 길은 없지만,
우리 주변의 식물 이름을 많이 알 수 있었던
내 유년 시절에 매우 만족한다.

정

사람들은 무언가에 정을 주거나 붙이고 살아간다.
어떤 이는 물건에, 또 어떤 이는 생물에게….
난 어디에 정을 붙이고 있지?

동대문 야구장
황금사자기 전국 고교야구대회
- 1998년 9월 일요일 오후 6시 3분

일상 속 일탈을 가능하게 했던 외야.
경기 시즌 주말, 5회 말에 맞춰 느긋하게
보러 갈 수 있었던 고교야구대회를
관람할 때는 음주를 삼가고 정숙해야 한다.
고성방가는 물론 절대금물이다.
엄숙한 명상의 공간,
고교 야구선수들의 동작과 경기의 진행이
마치 대학수학능력시험을 치르는 거대하고
신성한 시험장의 분위기처럼 느껴진다.
간혹 팩 소주 몇 개에 취해
고래고래 욕지거리를 하는 어른들이
적막을 깨어 여기가 격렬한 운동을 하는
야구장이라는 것을 상기시켜 준다.

첫 시내

구경

꼬맹이는 넋이 나간 눈으로 작은 입을 벌려
신음하며 주변을 두리번거렸다.
1982년 봄, 을지로 입구에서 비가 온 뒤 덜컹대며
흙탕물을 뿜어 대는 큰 보도블록을 피해 걷던 기억이 난다.
어머니는 무슨 일인지 말씀이 없으셨고
정장을 입은 사내들과 여인들 사이로
내 손목을 당겨 이끌었다.
답답해서 올려다본 하늘은 푸르지만 작았고
모든 것을 나의 눈에 담기에는 너무나 넓고 높았다.
그때 세상 풍경은 사람들 사이로만 보였다.

경의중앙선은 가끔 여행을 떠나는 기분이
그리울 때 이용한다. 목적지는 없고, 기차는 타고 싶고,
달리는 기차 차창 밖을 보고 싶을 때 감행한다.
한강 변에 뭉게구름이 핀다.
퇴근 시간 도로의 혼잡이 시작될 때,
거침없이 달리는 기분이 이루 말할 수 없다.

낡은 것을
좋아하는 이유

낡은 양철 문에 봄볕이 든다.
새것보다 낡은 것이 햇빛을 더 잘 머금는 것 같다.
봄 햇살 가득한 낡은 건물, 오래된 화단, 녹슨 양철 문….

태양, 바람, 공기,
가지 끝에 돋아나는 새순

앙상하던 가지 끝에 새순이 돋아 조금씩 자라고 있다.
올해는 그와 많은 이야기를 나눌 생각이다.
벌써 새로운 날들이 기다려진다.
올해의 태양, 바람, 공기 그리고 무성한 잎들.

태양, 바람, 공기,
풍성한 나무와 참새 친구들

수개월이 지나 다시 찾은 나무.

그 사이 길게 자란 머리 위에서 참새 한 마리가 지저귄다.

지나가던 바람도 그의 머리칼을 쓸어내린다.

바람과 작고 귀여운 참새 친구들과 이 계절을 함께한다.

라일락 향기
가득한 혜화동

이 집 앞 골목을 어슬렁거린 지도 어느덧 7~8년.
봄엔 제일 먼저 개나리가 피고 다음엔 목련, 라일락,
마지막엔 장미가 피어 시간의 흐름을 보여 주던 곳.
헤어진 그녀 생각에 가던 길 멈추고 허전한 마음 달래 본다.
잊자! 잊자! 잊어야 한다.
라일락 향은 유난히 짙은데….

봄바람,
네 명의 소녀들

나무 아래, 네 명의 소녀를 위한 벚꽃이 흩날린다.

찬바람이 그치고 봄이 오자

바람이 따스해지고 향긋한 꽃내음 또한 가득해졌다.

오늘은 소녀 시절을 떠올리는

네 명의 여성이 모여 옛 추억과 함께한다.

마음은 1970년 봄날,

꽃잎 한 잎 한 잎에 추억이 가득하다.

복잡한
규칙성

머리 위로 한참 솟은 키 큰 나무들.
마치 대화를 하듯 여럿이 뒤엉켜 있다.
가지들은 각자의 영역을 지키며
부딪치거나 상처 내지 않고
서로를 풍성하게 만들어 간다.
우리의 세상살이도 그랬으면….

별이
빛나는 밤에

매년 같은 시기에
같은 나무를 찾아가는 일을 되풀이하다 보면
어느새 그들과 친구가 되었다는 느낌을 받게 된다.
기쁠 때도 슬플 때도 그 아래 서면 위로받는 느낌….
도시의 밤하늘엔 짙은 스모그 가득하지만
별은 여전히 빛난다.

꽃밭에서

지저분하고 무질서해서 관심도 두지 않았던 꽃밭에서
이전엔 보이지 않았던 질서와 자연의 숨결을 느낀다.
봄과 여름 사이,
짙은 풀 냄새와 습한 공기는 얼마나 향기로운지….
행복하다.

정원을
갖게 되면

손수 가꾼 정원에서 아침을 맞이하길 고대한다.

사계가 드러나는 정원수 사이를 이리저리 다니며

철마다 구해온 씨앗들을 심고 흙을 갈아엎고 고르고 싶다.

비슷한 모양의 씨앗들은 이내 자라

계절마다 다른 꽃내음이 가득할 거다.

종아리를 덮는 큰 장화의 색은 녹색으로 하자.

장화를 벗어 놓은 곳을 찾지 못할 만큼

푸른색 짙은 여름이 되길. 온종일 정원 일에 매달려

식사를 거르고 심어 둔 토마토와 오이로 배를 채우는 나의 정원.

초가을 멀리서 비행해 온 꿀벌들의 날갯짓 소리가

나른한 오후를 깨우고, 정원 가운데서 어제 내린 비가

땅속으로 모습을 바꾸어 되돌아가는 걸 감상한다면.

저녁에 땅거미가 짙게 땅 위로 드리우면

정원은 풍만한 감각으로 기억되는 장소가 될 것이다.

큰바람을 보고 싶다면 너른 들판 가운데서
그들과 함께 기다리면 된다.
대기의 온도와 기압이 만들어 내는
공기의 흐름에 따라 인간의 인생이 결정된다는
어느 나라의 속담에 동의하게 될 것이다.

숨,

그리고 사람들

계단을
오르다가

처음 보는 계단을 보면 오르고 싶어진다.
처음 오르는 계단은 서두르지 않고 한 계단씩 올라야
뒤탈이 없다. 체력의 안배가 매우 중요한 셈이다.
5층에서 10층, 10층에서 20층으로
그다음에는 무엇이 기다릴 줄 모른다.
숨이 거칠어져 계단에 몸을 걸치고
아래 풍경을 내려다보다
방금 눈이 마주친 꼬마 녀석의
뒤통수에다 화풀이하듯 말했다.
"계단에선 뛰지 마라, 다쳐!"

군만두
한 접시

지역 상가에서 수년째 주방 일을 해 온 그가 주방장이 되었다고
입꼬리를 올리며 군만두 한 접시를 서비스로 내왔다.
"고작."
"김형, 한가할 때 와요. 잘해 줄게."
주방장이라고는 하지만 아래 보조가 한 명뿐이라
궂은일이 줄지도 않거니와
월급 차이도 얼마 나지 않는 모양이지만
그의 어깨는 이전보다 활짝 펴지고
목소리도 예전과는 달랐다.
배 속에 짜장면과 군만두를 넣고 입구를 나설 때
그가 뒤에서 큰소리로 외친다.
"감사합니다. 또 오세요."
우레 같은 큰 목소리에 절로 소화가 됐다.

시계 초침

서울역에서 부산으로 가는 기차를 기다리고 있다.
시계 초침을 들여다보고 있자니
초침은 천천히, 아주 천천히 더욱 느리게 간다.
주머니 속 기차표를 손바닥에 올려놓고
수많은 숫자를 하나씩 확인한다.
다시 시계, 다시 기차표, 또다시 시계.
시간은 우리가 그에게 집중하고 관심을 두는 순간부터
빨리 뛰던 것을 멈추고 느리게 걷는다.

한여름

여름에 태어난 나는 정작 더위를 많이 탄다.

더위가 싫다고 더디게 지나가는 여름을 피할 수는 없다.

피할 수 없다면 차라리 여름만이 가진 매력을 찾아

바쁘게 보낸다면 어떤 일을 하면 좋을까 생각해 본다.

더운 날 뜨거운 육개장 한 사발 하기,

그늘 찾아 산 오르기, 우산 쓰고 자전거 타기,

목욕탕에서 온탕과 냉탕 오가기,

낯선 동네 분식집에서 매운 떡볶이와 어묵 먹기,

마지막으로 여름방학으로 썰렁해진

초등학교의 지글거리는 운동장을 맨발로 뛰어 본다.

하루에 다 할 수 없다고 아쉬워하진 말자.

여름은 우리가 알고 있는 것보다 더 감각적이고 긴 계절이니까.

따뜻하다. 참 좋다.

서울 36바
xxxx번

서울 36바 xxxx번 기사님은 복잡한 운행 경로를 계산해
프라자호텔로 다시 돌아온다. 버스와 일반 택시 경력으로
시작한 그는 몇 년 전 모범 택시 면허를 취득하였다.
온종일 타인을 목적지로 나르는 변덕스러운 경로 안에서
매번 같은 출발지로 돌아오는 회귀 본능을 익히는 데는
오랜 시간이 걸렸다고 한다.
점심시간이 지나 오후에 그의 모습이 다시 보였다.
차 안팎의 먼지를 털고 차창을 문지르고 광택을 내기 시작한다.
그렇게 한참을 쓸고 닦기를 반복하고는 다시 손님을 맞아 떠났다.
오늘은 금요일이라 시내에 차들이 많다.
매주 금요일 시내에 차들이 많아지는 이유는 알 수 없지만.

5호 사이즈 박스를
이고 가는 남자

충무로에서 인쇄물을 찾았다. 인수자와 연락이 안 되어 인쇄물이 든 박스와 함께 다른 일을 볼 수밖에 없었다. 15킬로그램 남짓 되는 박스를 들고 몇 시간 시내를 헤맸다. 처음엔 안고, 다음엔 옆구리로, 그 다음엔 어깨로 위치를 바꿨다. '종이쯤이야, 종이잖아' 하던 혼잣말이 나중엔 '종이길 망정이지 천만다행이야'로 바뀌었다.

가까운 지하철역 사물함에 보관해 볼까도 생각해 보았지만 주변에 마땅한 역사가 없어 포기해 버렸다. 약속된 일정이 끝나고 늦은 시간 약속 장소에 나온 거래 회사 직원이 멀리서 한참 보고 있다가 다가와 말을 건넸다.

"이번 주까지 보내 주시면 되는데."

"아…. 하…. 그런가요. 상무님은 결과물이 오늘 궁금하고 급하시다고."

나는 표정 관리를 하느라 고개를 떨구며 박스를 내려놓았다. 직원은 박스에 스며든 내 땀자국을 유심히 보며 말했다.

"박스가 생각보다 작네요."

5호 박스의 크기는 48×36×30센티미터. 그러나 포장 박스의 무게는 들어 보지 않고는 알 수 없다.

출근하는
사람들

새봄, 러시아워를 피해 한 시간 일찍 출근해 시내 산책을 하곤 했다.
인근 지하철 입구로 빨려 들어가는 사람들,
늦었는지 조금은 뛰는 사람, 서류뭉치를 재차 확인하는 사람,
가게에서 커피를 사 들고 나오는 사람,
버스 정류장에서 주위를 살피며 앞줄로 슬슬 나오는 사람,
전화하며 계속 버스를 보내는 사람, 시계를 자주 보는 사람.
그러던 중 한 사람이 이면도로 가운데서 가던 길을 멈추고 서 있다.
무슨 생각에 잠긴 걸까? 잃어버린 것을 생각하는 것일까?
그는 되돌아가지도 앞으로 나아가지도 않고
줄곧 자리에 서 있다.

다보성, 건물 입구에
항상 여고생들이 많았던 중화요릿집

교복은 사회적 정체성과 역할을 학습시킨다.

교복을 벗고 평상복으로 갈아입는다는 것은 집단 정체성에서

자아정체성으로 탈출하는 것을 의미하는 건 아닐까.

우리는 집단의 예속과 예외 사이에서 방황하는 시절을 보냈다.

학창 시절, 오매불망 기다리던 휴일엔 평상복으로

친구들과 이곳저곳을 싸돌아다녔다.

주로 공원이나 대형 서점, 관리실이 없는 큰 건물 로비나

단골 가게 입구 계단에서 시시덕거리며 어울렸다.

딱히 하는 일 없이 해가 지고

서로의 얼굴이 잘 보이지 않을 시간까지,

각자 집에 들어가 혼나지 않을 시간까지 말이다.

그때의 교복은 벗어 던지고 싶을 때가 많았다.

나 오늘 뭐 하고
뭐 해야지

원고를 마감하는 말일에는 깊은 잠을 이룰 수 없었다.
이른 출근 시간이나 점심시간에 짧고 얕은 쪽잠으로
최소 수면 시간을 채웠다.
잠을 못 자는 것이 아니라 긴장된 정신을 이어 나가기 위해
일부러 깊은 잠에 들지 않는 것이었다.
비합리적 신념과 비효율적인 계획과 실천이
감각적이고 열정적으로 보이던 시대였다.

비공식
아르바이트

인생에서 첫 번째 아르바이트는 초등학교 시절
교문 앞 수영문방구에서 시작되었다.
말이 문방구지 잡화점에 가까워 모든 연령의 주민들이
애용하는 곳이었다. 가게 문 앞 평상에는 동네 노인들이
바둑을 두며 문지기를 해 주었고, 꼬마들은 잡다한 불량식품과
조잡한 만화 가면, 종이 인형에 매료되거나 구슬 뽑기나
소형 오락기 앞에 줄 서 차례로 주머니가 털리고 있었다.
방과 후 저녁, 주인아주머니의 식사 시간에 가게를 보는 일이
주 업무였다가 경력이 인정되어 1년 뒤 방학 때부터는
업무 시간을 늘렸다.
그 덕에 동갑내기 꼬마가 놀라지 않을 정도의 용돈과
학업에 필요한 모든 학용품과 준비물을 받았다.
아직도 어머니는 초등학교 학생들이 학교에 다니기 위해
얼마나 많은 준비물을 챙겨야 하는지 모르신다.

나들잇길

청계천 삼일아파트 철거가 시작되었다.
25년을 이곳에서 지낸 친구와 딸의 모처럼만의
나들잇길이 조금 위태로워 보인다.
작년에 친구 어머니께서 돌아가시고는 기다렸다는 듯이
바로 이곳의 풍경도 금이 가고 허물어지기 시작했다.
거친 공사장이 되어 버린 화단이 있던 길,
그는 걷다 멈추고는 딸아이를 가슴에 안았다.
그는 다음 달 말일에 도시 외곽으로 거처를 옮긴다고 말했다.

김영도와 김도영,
김영도영

사랑한다.
빛과 나무의 풍성한 그림자,
아빠 영도의 넓은 어깨에 파묻힌
도영이의 해맑은 미소와
말랑말랑한 손가락의 움직임을.

퇴계로
정장 가게

비슷비슷한 싸구려 양복 더미.
그 속에서 아버지의 어깨를 본다.

빨래하기
좋은 날

어머니는 홀로 식사를 하시고 집안일을 하셨다.

최근 들어 몸이 불편해지셔서 그런지

예전과 달리 도움을 청하시곤 한다.

당신이 평생 하신 일들이 얼마나 힘들고 고된 일인지 새삼 느낀다.

나의, 어머니….

외할머니와
반장리

산을 닮은 할머니,

할머니를 닮은 어머니,

어머니를 닮은 나.

재작년 봄 그리도 화창했던 봄날,

할머니는 새가 되셨을 거라 말씀해 주시던

어머니의 말씀이 기억나

다시 오래된 수첩에 적은 할머니 기일을 확인해 본다.

또다시 봄이,

산새 지저귀는 새봄이 주변을 휘감아

눈동자 가득 푸른빛 물들이겠지….

가족

어머니께서 덥다고 챙겨 주신
얼음물을 금세 비우고
태양이 내리쬐는 벤치에 앉았다.
오늘 아침에 어머니께 심술을 부렸던
생각이 나 속이 상한다.
단란해 보이는 비둘기 가족이
하늘로 무리 지어 날아오른다.
어머니가 보고 싶다….

오후 7시 45분
퇴근 시간

차들이 일제히 빨간 불을 켜고
집에 가자고 있는 힘껏 경적을 울려 댄다.
또 하루가 지나간다.
나는 오늘 하루 무엇을 했을까?

별이 수놓은 듯 아름다운 이곳,
사람들이 아웅다웅 엉겨 살아가는 도시의 모습.

여름의 온도

한여름 밤의
시작

오후 7시 37분,
도시 안의 빌딩과 길게 늘어선 자동차들,
노을과 대기의 상태가 매혹적이다.
이런 날에는 아름다운 빛깔로
인사하는 태양 안에서
조금은 쉴 수 있을 것 같다.

터닝
포인트

자신이 새긴 자욱이 깊고 견고할수록
그 자리에서 일어나기가 어려워진다.
모든 다가올 상황은 예측불허.
먼저 마음을 다지고 몸을 일으켜 바로 서자.
새로운 세상은 멀지 않은 곳에 있다.

속이
시끄러울 땐

다른 사람이 계획한 시간으로부터 탈출했다.
사실 일주일 전부터 머뭇거리다 겨우 도망을 쳤다.
일부러 휴대폰은 집에 두고 나오고,
처음 보는 번호의 버스를 타고
걸어 보지 않은 거리의 버스 정류장에서 내렸다.
익숙한 시공간을 벗어나 끌리는 대로 걸었다.
볕이 잘 드는 카페에 들어가
드립 커피와 여러 종류의 케이크를 시켜 놓고
가게에서 가장 큰 창가에 앉아 거리를 구경하며
멍하니 시간을 보냈다.
한참을 앉아 있으니
마침내 시끄러웠던 머릿속이 조용해졌다.

"비가 와서
　그래요"

맞을 만한 비가 내렸다.

비 비린내와 젖은 흙냄새가 진동한다.

내가 좋아하는 비 내리는 모습은 처음 내린 비가 바닥에 고이고,

뒤늦게 내리는 비가 그 수면에 부딪혀 파문을 일으킬 때다.

어쩔 수 없이 맞아야 하는 비라 좋은 건가?

아니면 팽팽했던 일과를 비라는 놈한테 떠넘기고는

잠시나마 느슨하게 즐길 수 있어 좋은 건가?

대규모
핀 수영 경기

출발 전 출발선의 여유로운 얼굴들을 이제는 볼 수가 없다. 호각 소리와 함께 얼떨결에 물속으로 뛰어들어 배운 대로 시키는 대로 팔다리를 휘젓고 숨 조절을 반복했다. 시간이 지나고 앞과 옆에서 유영하는 물살이 간간이 느껴져 외로움을 이겨 낸다. 슬슬 어깨와 허리, 허벅지가 터져 버릴 것 같은 통증이 시작된다.

'아직인가 아직 멀었나?' 물속에서 땀이 빠져나오는 것을 느낀다.

"제길, 젠장." 입에서 거친 욕이 나오기 시작할 때 누군가 내 허리와 팔을 잡아챈다.

"수고하셨습니다. 기록 확인하시고 완주 메달 신청서에 사인하세요." 건장한 사내 두 명에게 이끌려 뭍에 던져져 가는 눈으로 주위를 살핀다. 참가자들이 전부 맨바닥에 누워 숨만 쉬고 있다. 손가락이 떨려 사인할 수 없어 매직펜을 겨우 붙잡고 있는 나에게 칠십 대로 보이는 노장이 펜을 달라고 손짓한다. 그의 어깨 너머로 지난번 종로 3가 상패 집 진열창에서 본듯한 큰 트로피를 든 사내가 활짝 웃으며 기념사진을 찍고 있다.

포수 자리

야구 경기 중 눈에 띄지 않는 포수는 매 순간 바쁘다.
본루를 지키고 타자의 신체 반응을 관찰하고
수비 전체의 상황을 살펴 감독과 틈틈이 교감해야 한다.
그리고 마지막으로 경기 처음부터 끝까지
무겁고 따가운 투수의 공을
몸으로 받아 내야 하는 바쁜 운명이다.

바닷가의
연인

흰둥이와 검둥이는 외딴 바닷가에서 만났다.

그들은 몇 년간 함께 행복하였다.

얼마 후 보금자리를 살펴준 어부가 아쉬운 목소리로 말을 던진다.

"검둥이가 떠났어."

"죽었다고요?"

어부는 대답을 잇지 않는다. 몇 해가 지나

다시 해안을 찾았을 때 주변에 수소문해 보았지만,

흰둥이도 어부도 자취를 감춰 버렸다.

어부를 고용한 선주에게 물으니 선주 말하길,

"박씨가 흰 개와 같이 살았는데 개를 잃고 나서

얼마 후 집에서 나갔지, 아마."

"흰 개가 죽었다고요?"

선주는 말없이 먼 수평선을 바라보며 짧은 답을 하였다.

"나야, 모르지."

비 맞으며 수영하는 날
한강

흐린 날의 연속. 야외수영장에서 팔다리 벌리고
긴 시간을 허우적대고 있다.
아마추어의 잠수. 잠수 시작, 잠수 끝, 잠수 시작.
잠수를 시작하자 수면에서 작은 파문들이 인다.
얼굴을 들어 주변을 살피니 어느새 장대비가 수영장 안으로
들이친다. 사람들은 혼비백산하여 소리를 지르며
비를 비해 달아난다. 그 모습들이 흥미롭다.
순간 수영장 안에 혼자 있는 것이 아니라는 생각에
주변을 둘러보니 수면 위 여러 색의 수경을 쓴
작은 얼굴들과 눈이 맞는다.
내가 미소를 지으니 작은 얼굴들이
싱글벙글 배시시 환하다.

이점억 여사
스타일

처음 자취를 시작했을 때 집안일에 무척 서툴렀다. 그중 가장 어려운 것이 빨래 널기였다. 집 앞에 큰 마당이 있거나 옥상이나 볕이 잘 드는 베란다가 있는 여유로운 자취 생활이 아니었기에 흐린 날이나 습기 많은 날의 빨래 널기는 참으로 어려운 과제 같았다.

신식 아파트는 베란다가 사라져 옷걸이를 이리저리 옮기며 말린다는 사람들의 말을 듣고 주말에 온종일 해를 쫓으며 옷걸이를 밀고 당기기도 했다. 건조기가 시판되기 오래전의 이야기다.

장마철에 같은 빨래를 몇 번이나 다시 했던가. 마르지 않고 눅눅하고 심지어 곰팡내 나는 빨래들을 부여잡고 매번 킁킁거리고 끙끙거리며 밤새도록 씨름했다. 오랜만에 어머니께 안부 전화를 드리며 엄살을 떨며 물으니 이 여사 말하길,

"집 창문을 활짝 열어 통풍시키면 된다, 이놈아. 그것도 안 되면 흰 면 빨래는 찜통에서 약불로 삶아."

통풍을 시키고 삶는다니. 햇볕을 쬐는 것보다 공기의 순환이 중요하단 말인가? 이런 걸 어떻게 초보가 알 수 있을까. 집안일은 끝이 없고 난도가 높다.

더운 여름의
시작

장마가 끝나고 그 많던 빗물이 온데간데없이 사라졌다.

올해 장마가 시원치 않아 가을 농사가 걱정이다.

어른들은 싫어하고 아이들은 기다리는 계절.

계절 판매 음식의 공지 '냉면, 빙수 개시'라는 큰 글자가 붙으면

모든 식탁은 여름 한정 메뉴가 차지한다.

잘 알려진 식당 앞은 사람들로 장사진을 이루지만

나는 늘 시간이 아까워 매번 발길 돌려 다른 메뉴를 택했다.

나이가 들면서 여름에는 뜨거운 음식, 겨울에는 찬 음식을 찾게 되니

주변 친구들이 늙은이라 놀리기 시작했다.

재작년부터 한여름에 땀을 빼는 운동이나 음식이 좋아져 버렸다.

드디어 나도 나이가 들었나 보다.

시청 앞 분수대
아이들

이미 흠뻑 젖은 소년들은 물에 취해 있었다.
개천만 보면 뛰어들던 어린 시절과
동네 친구들을 하나하나 떠올려 본다.
이런저런 옛 추억에 빠져 물속으로 뛰어들까 말까 망설이는데…,
지금 이 시간과 지난 추억, 그 공백이 너무나 크다.
얇은 실로 이어 놓은 것같이 아슬아슬하다.

소녀 그리고
새 모양 연

욕심쟁이 소녀는 인라인스케이트를 신고
능숙한 몸놀림으로 발을 움직여
동생의 새 모양 연을 채 갔다.
기하학적 형태의 한강 둔치 콘크리트 블록과
듬성듬성 다듬어진 화단의 잔디 주변을
돌아다니는 공처럼,
소녀의 움직임은 일정하다.
한참 동안 소녀를 지켜보며 서 있었다.
열기로 가득한 도시 안의 모든 규칙적인 행동은
서로의 반응에 새로운 반응을 낳고
그 흐름은 다른 이에게로 전달된다.
마치 지구와 태양의 관계에서
여름이 시작되는 것처럼.

오늘 태양은
태양 답다

사진 안에서는 여름이 계속되고 있다.

양산, 소년과 소녀, 비둘기 한 쌍,

태양은 가득히.

불편한 몸으로도 붓을 놓지 않는 늙은 화가는
항상 영감을 주는 대상에 더 가까이 다가가려 한다.
오늘은 자신의 캔버스에 큰 바다와 파도,
그리고 노을을 담아 그려 낼 것이다.
기다리고 기다린다.
노을이 붉게 타올라 그의 눈동자와 흰색 차가
노을색에 젖을 때까지.

정구 연습

재주 없는 사람이 최선의 힘으로
쳐낼수록 공은 더 세게, 더 빨리,
더 엉뚱하게 되돌아와
결국엔 '땅볼 줍기'에 땀 흘리게 된다.
그렇지만 내일 그리고
모레엔 좀 더 나아질 것이다.

뜨거운 열기와
진동에 반해

이글거리는 승강장.

1974년형 히타치 전동차가 사라진다.

27년 전, 아버지와 탄 전동차 안에서

아버지는 말씀하셨다.

"훈아, 너랑 이 전동차랑 나이가 같구나."

그때부터 지하철을 탈 때면 이상하게 안도감이 든다.

마음이 푸근해진다.

노파인더

카메라 파인더를 들여다보지 않고 촬영을 해 본다.
필름을 현상하기 전까지 모든 것이 우연적이고
예측할 수 없어 만약 원하는 사진이 찍혔다면
파인더를 들여다보며 촬영한 사진보다 애착이 클 것이다.
왜 이런 방법에서 얻는 만족감이 클까?
아마도 그건 뽑기 같은 확률 게임의 매력과
오묘함 때문일지도 모른다.
지난번 어린 조카와 피규어샵에서
랜덤 박스들을 한참 쏘아보다
고를 때의 느낌과 같은 것일지도.

40여 년이 훌쩍 넘은 작은 아파트 옥상에 박제되어 버린 TV 안테나들이 가득하다. 지금은 케이블 방식으로 전환되어 공중에 날아다니는 전파를 잡던 예전의 방식은 산간 지역에나 가야 볼 수 있다.

TV가 귀하던 시절, 실외 안테나의 수를 세어 그 건물에 있는 TV 수상기의 개수를 세어 보던 때가 있었다. 간혹 난닝구 차림의 아저씨가 자신의 안테나를 이리저리 돌리다 사라지고 다시 올라와 만지작거리는 모습을 지켜보는 재미도 있었다. 안테나의 위치도 중요해 달이 없는 어두운 밤, 옥상에서 가장 큰 안테나에 자신의 케이블을 몰래 연결하는 일도 있었으니 말이다.

아직 우리 집은 다이얼을 돌려 주파수를 맞추는 아날로그 라디오를 듣고 있어서 전파 잡음의 껄끄러움을 이해한다. 간혹 그 전파 잡음이 좋을 때도 있다.

비,
비
그리고
비

기우제라도

장마철인데 한 달 남짓 비가 오지 않았다.
관광버스 한 대가 머물다 떠난 자리에
냉각수 웅덩이 수면에 비친 하늘과 구름을 감상 중이다.
'기우제라도 지내야 하나?' 혼잣말해 본다.
막상 장맛비가 연일 내리면
사람 마음이라는 것이 간사하여
바짝 마른하늘을 달라고 기도하겠지만.

오보

기상청의 실수 때문에 오늘 비는 그리 반갑지 않다.
비가 그치기를 기다려 보지만 그칠 기미는 보이질 않고
약속된 미팅 시간은 자꾸만 다가온다.
건물 1층에서 두리번거리다 마침 로비에 비치된 무가지(無價紙)
한 부를 집어 펼쳐 쓰고 쏟아지는 빗속을 내달려 본다.
빗물이 젖어 드는 신문지의 잉크 냄새를 맡으니
머리카락 사이로 잉크가 흐르는 것 같은 느낌이 든다.
역시 비보다 빠를 순 없다.

태풍의
이름

제7호 태풍 민들레가 한반도로 진입했다.

사상자가 속출했고 많은 이재민이 발생했다.

태풍의 이름은 예측불허의 신경질적인 성격 때문에

처음에는 여성 이름을 붙여 사용하다가

현재에는 태풍위원회 14개국이 제출한 140개의 이름을

차례대로 사용하고 있다.

유독 이름 중 한글 이름이 많은 까닭은

북한과 한국이 회원국이기 때문이다.

'민들레'라는 고운 이름이 무색하게도

어김없이 태풍은 큰 피해를 남기고

이름은 신문 1면을 장식했다.

비옷으로 무장한 걸음이 빠른 안내원을 쫓아 관람객들은 흙탕물에 젖어 무거워져 버린 신발을 끌고 궁궐의 이곳저곳을 '둘러본다.' 더 정확하게 다시 말하면 '스쳐본다.' 어느 날부터 창덕궁은 특별관람을 신청한 사람만이 여유롭게 창덕궁 구석구석을 관람하고 궁의 하이라이트인 금원(비원)을 돌아볼 수 있다. 그런데 특별관람을 보려면 인터넷 예약을 위해 부지런을 떨어야 한다. 요즘 웬만한 음식점과 공공시설은 예약제도를 도입해서 인터넷 예약 경험이 부족한 세대는 자주 곤란에 처하게 된다. 최근 박물관과 미술관의 전시를 예약하기 위해 새벽에 일어나 한 시간을 기다리고서도 몇 번이나 실패를 하게 되니 슬슬 정이 떨어진다. 배울 것이 쏟아지고 할 일도 많고 하고 싶은 일도 많아지는 시대다.

옛날 비,
요즘 비

어제 예보에는 없던 비가 많이 내린다.
예전에 방과 후 비가 내리면 버스 세 정거장 거리를
숨이 차게 뛰어 집으로 돌아오곤 했다.
교내까지 마중을 나온 엄마들과 아이들의 모습이
그렇게 부러울 수가 없었지만,
비가 많이 내리면 어차피 머리만 빼고는
거의 다 젖으니 비를 피하는 것에서는 크게 차이가 없었다.
비 내리는 날 물웅덩이를 발로 차는 기분,
비를 맞으며 운동장에서 축구 경기를 하는 기분,
어른용 자전거로 빗속을 내달리는 기분이 좋아
비 맞는 것을 꺼리지 않았다.
정오, 급작스러운 비에 초등학교 꼬맹이들과 우산을 들고
찾아온 엄마들이 서로를 확인하느라 당황한 기색이 역력하다.
2층에 있던 꼬마가 엄마를 찾아 한참을 서 있다.
그 옆에 선 엄마는 다른 아이를 찾고 있다.

여름 때때비, 꼬맹이들
'비야 와라 와라, 더 많이 히히'

이들의 바람과는 달리 비는 더는 내리지 않고, 본격적인 놀이가 시작될 모양이다. 물장난인지 흙장난인지 분간이 가지 않는 놀이에 빠져 있다.

"무얼 만들고 있나요? 어린이들?"

"무슨 놀이를 하고 있나요. 노란 옷 입은 어린이?" 다시 한번 물었다. 노란 옷을 입은 아이가 작게 입을 뗀다.

"성 만들어요. 흡흐흐흐."

"성? 무슨 성인가요?" 대답이 없다.

나에게 흥미가 없으니 당연히 대답이 돌아오지도 않는다. 돌아서려는데 연두 옷을 입은 아이가 말한다.

"티라노사우루스, 트리케라톱스, 벨로키랍토르 성."

"음…. 그…. 그…. 티라트리베로뭐시기 성… 그렇군요."

나는 더 이상 대화를 이을 수가 없었다. 늘 아이들과의 대화는 그들 세계의 눈높이와 관심사에서 시작해야 한다는 것을 알면서도 실천하기가 쉽지 않다. 우리 세대에게도 그때 그 세계가 있었을 텐데도.

힐리우드 영화에서 본 광경처럼 도시는 이미 큰 물줄기에
휩싸이고 말았다. 원효대교의 하단 아치 부분 10미터 아래까지
물이 차오르고 통제된 강변북로에는 간간이 구경꾼들이 보인다.
이날 비대해진 한강을 바라보며 큰 강물이 내는 소리를 들었다.
강물과 함께 구르는 돌들과 콘크리트 구조물이 부딪치는 소리,
빠른 유속의 액체와 땅이 찢어지는 소리, 경험할 일 없는
영화 속 장면 같지만 실제로 겪어 본 사람이라면
살아 돌아온 것에 감사하게 된다.

에위니아

올림픽대로는 이미 꼴딱 잠겨 안전 펜스만 남겨 놓았다.

한강대교를 지나는데 교각 주변의 강물이 질러 대는 소리와

진동이 느껴진다. 멀리 한강철교와 주변 다리의 교통이 통제되고

라디오 방송에서는 비상 대책 본부의 실시간 발표와

기상 전문가들의 토론이 이어진다.

라디오 채널 다이얼을 돌리다 나훈아의 '무시로'가 잡힌다.

지난여름 참관한 세계 지구온난화 대책 기구 서울지부가 주최한

심포지엄의 '너무 늦지 않게 참여합시다'란 문구가 기억이 난다.

이산화 탄소, 아산화 질소, 육불화황, 메탄, 과불화 탄소 등

조금 어려운 발음의 이름을 가진 기호들은 우리를 둘러싸고 있는,

우리가 의식 없이 생성해 내는 가스 물질들이다.

오늘 비상 대책 라디오 방송은 작년 물난리 재해 방송과 같았다.

우리는 들이닥쳤을 때만 말하고 듣는다.

태평로
버스 정류장

비가 하루 종일 내린다.
내 청바지는 바지 밑단이 젖어 그야말로 진청색에 가깝다.
30분 동안 버스를 기다리고 있는 이 남자는
새로 바뀐 버스 노선도과 도로를 번갈아 보며 긴장하고 있다.

하루 종일 비가 많이 내리던 날,
사람들은 헤매고
버스는 오늘따라 더 늦어진다.

아주 두꺼운 창으로
비 보기

비 오는 날,
비를 피해 들어선 카페 창 앞에서
나를 따라 들어온 비와 함께….

비보다 빠른
개에 대한 이야기

스물다섯 번째 생일 아침,
정신없이 출근하려는데
비, 비 그리고 비가 내린다.
오늘 따라 비가 싫다.
가던 길에 덩치 큰 하얀 개와 눈이 마주쳤다.
한참동안 서로를 바라본다.
"야, 임마! 어서 들어가. 감기 걸리겠다."
빗방울이 점차 굵어진다.

스펀지처럼
비를 빨아들이던 날

하늘에 구멍이 난 건 아닐까?
땅과 하늘이 같음을 느낀다.

서울 종로, 무거운 하늘에 짓눌려
땅은 더 이상 빗물을 흡수하기 힘들다.

서울,
비 올 확률 20퍼센트

사랑을 하고 있다고 느끼기도 전에

사랑하는 사람이 하는 모든 일부터 걱정되기 시작한다.

내가 요즘 그런가 보다. 안절부절못하는 나를 보고 친구는 말한다.

"전화 한번 해 보지 그래? 그렇게 궁금하면."

"방금 했어…."

버스 창가에 얼굴을 붙이고

오늘 내리는 비의 체온을 느끼려다 차가운 기운에 놀라거나,

갑작스러운 비에 우산이 작아 많이 젖지는 않을까 걱정이 많다.

사랑하는 기분…, 좋다.

창경궁에서 비,
소나기

비 오는 날은 혼자일 때가 많았다.
창경궁 구석, 툇마루에 걸터앉아
신발을 벗고, 양말도 벗고
내리는 비에 발을 맡겨 본다.
소나기, 주룩주룩.

8월 15일 오후 2시 28분

드디어 하늘에 구멍이 막히다.

지나온 것들을 추억하다

잡동사니라
불리는 것은

세월은 강물처럼 흐르고 기억이라는 퇴적물을 실어 나른다.

부모는 우리가 알 수 없는 시간과 감정 그리고 쓰다가

남은 물건들을 절약하기 위해 아무것도 버리지 못했다.

가족에게 다가올 새날을 기다리며 모으고 또 모았다.

인생의 끝자락에서 그들이 모아 온 모든 것을 추억하고 기억할 때,

그들이 원하는 것은 그들이 누운 곳에 바로 서서

그들의 마지막을 보아 주길 바랄 뿐, 그뿐이다.

그러나 지금의 우리는 이해하지 못한다.

떡
볶
이
300

꼬
치
300

돈
가
스
500

토
스
트
300

주먹밥
300

달
고
나
200

35년 전 단골 분식
가게의 흔적

동네는 맞는데 골목들은 도무지 알아보기 힘들게 변했다.
초등학교 후문 두 번째 골목에서 30센티미터 보폭으로
50보 정도 거리였으니 여기가 맞을 것 같았다.
상가는 이미 오래전 주인을 잃고 분식집 주인이 그린 것 같은
손그림과 글씨로 정성스럽게 만들어 붙인
외벽 메뉴판만 덩그러니 골목을 지키고 있었다.
꼬맹이 때 먹어 보지 못한 메뉴 몇 가지가 눈에 띄었다.
'돈가스, 토스트, 주먹 만두는 없었는데….'

흙과 함께한
시간

아이들은 부모가 기르지만 그들의 정신을 살찌우는 건
건강한 흙이다. 나는 비석치기라 불렀고 다른 이들은 망줍기나
사방치기라 부르는 놀이를 꼬맹이들이 모여 즐기고 있다.
이 놀이는 고대 군대에서 무장한 병사들의 힘과 지구력,
균형 감각을 높이기 위한 훈련에서 유래했다고 들었다.
마른 흙보다 살짝 젖은 흙에서 더욱 선명한 숫자와 선을
그릴 수 있었고, 변덕이 죽 끓는 아이들의 사사로운 감정과
일상의 잡념을 모두 잊게 해 주는 장치이기도 했다.
고도의 집중력을 요하는 이 경건한 놀이를 하며
크게 소리 지르고 나면 아이들은 한층 더 성장할 것이다.

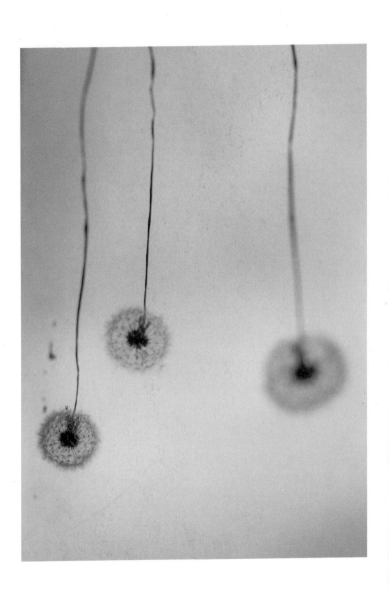

계절과
계절 사이

계절이 아쉬워 떨어진 꽃과 나뭇잎,
이름 모르는 나무 열매들을 주워 말려 두고 보았다.
무엇에 쓰지 않고 관상하며 정신 속 기억으로 들어가는
문처럼 사용한다. 다음 해가 되고 봄이 찾아오면 적당한 날,
산책길에 그들을 데리고 나가 처음 만났던 장소에서 이별할 것이다.

오솔길

걷기를 좋아하여 한동안 강원도 태백으로 자주 찾아들었다.
큰 숲과 작은 숲, 들판을 유유히 가로질러 걷는다.
갑자기 주변이 어두워진다면 그것은 머리 위 조각구름의 짓.
숲에서 들로 빠져나올 때 비로소 내가 얼마나
드넓은 대지 안에 존재하는지 알 수 있다.
숲 터널을 빠져나오는 이 기분이란.

주먹다짐

학교 운동장에서 시비가 붙었다. 그날은 치사하게 고학년 형을 대동하고 온 아이한테 흠씬 두들겨 맞았다. 주눅이 들어서 그런지 주먹이 길고 시원하게 뻗지 않았다. 며칠 뒤 싸우는 친구를 뜯어말리려다 휘말려 또 맞았다. 그놈들이다.

하여간 많이 싸우고 많이 맞았다. 내게도 고학년 형이 있었다면 상황이 달라졌을까? 적어도 주눅은 들지 않고 시원하게 최선을 다해 싸울 수 있지 않았을까?

옆집 사는 친구는 자기 형과 참 사이가 좋고 형 또한 다정하였다. 우리 누이도 학교에서 한 성격 했으니 그렇게 부럽지는 않다. 아니다, 부럽다. 아니, 아니다.

방구차

소독차 꽁무니를 쫓아 뛰어 본 소년이면
그 매캐하고 달큼한 내음을 기억한다.
지금 나는 소독 연무 속에서 주춤거리면서
소독원의 눈치를 살피며 그를 미행 중이다.
한참 후 나를 발견한 그가 손을 내저으며 뭐라 뭐라 했지만
못 들은 척, 지나가는 척 딴청을 했다.
지금은 좀 더 있고 싶다.
눈이 점점 매워 온다.

담배 간판은 노란 전구 가로등 아래에서
더욱더 화려하게 빛난다.
구멍가게들은 왜 간판을 달지 않을까?
동네의 몇 안 되는 지표이자 유일한 간판이다.

뽑기

먹기 위함이 아니었다. 가지려고 신경을 곤두세우고
안간힘을 쓰며 인생의 많은 운을 걸었다.
크고 두꺼운 잉어 모양의 누런 설탕 덩어리 아래에서
간절하고 엄숙한 시간이 흐른다.
불량식품과 뽑기 상품, 그것을 획득하기 위한 초조한 여정은
우리의 순수한 마음속 상실감에서 시작되었다.
사실 우리는 물건보다 물건을 취하는 그 애절한 과정을
경험하는 것에 더 열광하는 건 아닐까.

헌책방에
파묻혀

시간이 디지털 개념이라면
세월은 지독히 아날로그적인 개념이다.
책 냄새에 파묻혀 읽다가 덮고, 펼치다가 다시 덮고,
무언가를 찾아 며칠을 지하 헌책방에 드나들었다.
마치 보석이나 귀중한 광물을 채굴하듯이
엄숙하고 조심스레 책장을 넘겨 본다.
그러다 어느 날 해답 같은 찾던 글귀를 보게 된다면
그것으로 만족할 뿐이다.

나무 아래, 낡은 의자가 있다.
비바람과 나무에 기생하는 곰팡이와
습기에 시달리며 오랜 세월을 버텨 온 의자.
낡은 의자에는 사랑의 속삭임, 누군가의 눈물과 고통,
고백과 같은 은밀함이 묻어 있다.

들판에
서서

바람은 멈추지 않고 지나간다.
지나가려고 부는 바람은 멈추지 않는다.
바람과 함께 잠시라도 지내고 싶다면
그의 힘과 방향에 순응하도록 노력해야 한다.

오래된 헌책방
앞에서

낡은 책 속의 문장과 단어들,
시간이 흘러 누군가에게 읽히게 될 때도
같은 느낌과 의미를 가질까?

잃어버릴 것을
알다

조사단은 비를 맞으며, 이틀 동안 댓돌 하나하나에 딱지를 붙였다.
돌의 크기를 재고, 자료 사진을 찍고, 말뚝의 크기와 위치를
정확하게 기록했다. 그렇게 돌다리는 역사 속으로 사라졌다.
그리고 2005년 가을, 청계천이 오랜 공사를 마치고 개방했다.
며칠째 사람들의 발길이 끊이질 않는 걸 보니
공사 내내 은근히 관심이 많았던 모양이다.
지방에서는 버스를 전세 내어 도시 관광을 하는
프로그램까지 생겨나고, 사람들은 구조물이
부실하지 않을까 조심조심 두드려 가며
흐르는 청계천과 같은 속도로 움직이고 있다.
말도 많고 탈도 많았던 공사 기간 중
잃은 것도 많고 얻은 것도 참으로 많았지만,
오늘 청계천을 따라 걷는 사람들은 마냥 즐거워 보인다.

새로 조성된
공원

도심 속 사람들에게는
걷고, 가꿀 수 있는 공원이 필요하다.
그렇다고 자연스러움을 버리고
인공 자연을 만드는 일은 없기를….

서울 명동
중국인 소학교에 나이 든 고양이

야옹이와 멍멍이가 심하게 다툰 적이 있었다.
이후 녀석들은 서로를 본 체 만 체하고,
심지어는 이웃 동료들에게 험담을 늘어놓는 일이 잦아졌다.
그리고 서로의 말을 알아듣지도 못하게 되었다.

이들이 다시 친해질 수 있을지,
친해지기까지 얼마나 오랜 시간이 걸릴지….

오랫동안 하루에 세 시간씩 자전거를 탔었다. 등하교용으로 처음 탔던 자전거는 여성용 로망스였다. 기어도 없던 큰 자전거를 타고 맘에 드는 여학생 옆을 쏜살같이 지나가며 애정을 표현하곤 했다. 얼마나 마음 졸이며 그녀를 사모하였던지…. 지금 생각해도 가슴 저 아래에서 무언가 꿈틀거린다.

두 번째는 삼천리 자전거, 세 번째는 새벽에 가족 몰래 타는 신문 배달용 자전거였다. 신문 사오백 장 돌리는 것은 힘들지 않았지만 짐차가 워낙 무거워 고생했었는데….

네 번째, 다섯 번째 자전거는 산악용 MTB였다. 너무나 가볍고 빠른 속력을 내는 이놈은 자물쇠를 다는 것마저 촌스러운 일이라 한 대는 잃어버렸고, 한 대는 자동차와 부딪쳐 종이 구겨지듯 구겨져 버렸다.

최근 시내로 거처를 옮기면서 다시 자전거를 구해 볼까 하는 생각이 자꾸 든다. 시린 손을 녹여 가며 차가운 핸들을 잡고 다시 달리고 싶다.

늦가을
혼자서 편지 쓰던 공간

겨울이 오기 전 낙엽을 밟아 본다.
그리고 이전부터 좋아하는 공간에 앉아
작은 종이를 꺼내 편지를 쓴다.
"아-에-나는-음-당신을…."
결국 다 쓰지도 못하고 부치지도 못한 편지.
지인들과 주고받던 편지가 뜸해지면서
그들과의 교감도 점차 줄어들었다.

여행,
뒤로
걷기

마음 둘 곳과
힐링

한때 자전거를 타고 출퇴근한 적이 있었다. 왕복 29킬로미터 정도의 거리를 처음 3주는 이를 악물고 탔고, 타다 걷다를 반복하며 어느 정도 다리와 허리에 근육이 붙으니 고개를 들어 주변 경치를 감상하는 여유가 생겼다. 보기에 좋았던지 어느샌가 회사 자전거 전용 주차장에 못 보던 자전거가 늘어나 있다.

점심시간 몇몇 직원 사이에서는 자전거 관련 지식이나 액세서리 따위의 정보가 오가고, 새로 영입한 자전거 부속들을 자랑스레 선보이고 있다. 눈치를 보던 신입사원 하나가 지역의 유명한 라이딩 코스를 소개하며 현란한 외래 자전거 용어를 쓰면서 자랑을 한다. 한 발짝 뒤로 물러나 들으면 마치 영어와 일본어를 바로 우리말로 번역하는 동시통역 대화 같이 들린다.

"아저씨들, 오랜만에 마음을 둘 곳을 찾았네."

지나가던 다른 부서 부장님의 말이 스치듯 끼어든다. 마음을 둘 곳, 열중하게 될 대상, 취미, 위로, 힐링. 비슷한 의미의 말을 각 세대가 구분 짓고 선을 그어 쓰게 되어 유감이다. 이 모든 게 자신의 감정과 정신을 더 깊게 제어해 보려는 똑같은 노력이긴 하지만.

올바른 방위표
그리기

한 고등학교의 의뢰를 받아 아스팔트에 표시선과 방위표를 그린 적이 있었다. 문제는 의뢰자의 요청 사항 중 하나가 방위표를 동서 방향으로 난 도로 한가운데에 넣기를 바란 것이다. 기준이 되는 나침판보다 도로가 북동 방향으로 15도 기울어져 있어서 도로의 수평선과 수직을 이룰 수 없다는 결과가 나왔다. 모든 일은 의뢰자의 계획과 작업자의 협조, 이 둘 사이의 상호 이해가 조화로워야 완성될 수 있는데, 문제는 작업자의 신념이었다.

"지면의 방위표는 그 기능을 다 해야 하지 않을까요?"

방위표를 뺀 모든 작업이 끝나고 그 문제로 서로 기싸움을 하며 며칠을 몰아가다, 끝내 방위표는 북동쪽으로 15도 틀어진 상태로 제 기능을 잃은 채 장식 그림이 되어 버렸다.

몇 년 후 다시 근방에 볼일이 있어 잠시 그 학교에 들러 방위표를 바라보며 홀로 생각해 본다.

'더 고집을 피울 걸 그랬나. 의견을 절충해서 북동 7.5도로 할 걸 그랬나. 1도만 틀어져도 방위표의 기능은 없겠지.'

바람과 구름의
흐름에

들판을 찾아다닌 적이 있다.
차라리 멀리 떠나 들판을 찾아다닌다면
머릿속 복잡할 일이 없을텐데
좁은 도시 생활에 가슴과 마음이 쪼그라들어도
쉽게 시간 내어 들판을 찾아 떠나질 못했다.
어쩌다 들판을 만나도 '이게 들판인가? 아닌데,
이보다는 커야 들판 축에 들지' 싶어 아리송하다.
봄날 시골길을 걷다 보면 드넓은 하늘에 뭉게구름이 피고
넋 놓고 바라보고 있으면 바람이 어느새 구름과 내 등을 떠밀며
넓은 들판으로 자연스럽게 인도할 텐데….
시작 전 걱정만 앞선다. 모든 일은 시작이 힘든 법이다.

잠상과
기억

낯선 여행에서의 사진 촬영은
후일 당시의 정황을 떠올리기 위함이다.
그러나 필름 속에 잠상으로 기록된 여행의 기록들은
오랜 시간 현상되지 못한 채 그 기억마저 희미해져 가고,
뒤늦게 인화된 사진 속에서는 감정 모두를 헤아리기 힘들다.
사진은 자신의 온전한 기억과 결합해야만 완성되지만
우리가 기억하는 사진 속의 기억들은 이미 퇴색되어
불완전하기에 더욱 애정 어리다.

하늘을 나는 기분을
만들어 주는 기계

2분 34초는 아쉬웠다.

안내원은 세 번째 탑승하려는

나를 경계하는 눈으로 유심히 살핀다.

내 뒤의 부녀는 아빠 기분이 더 들떠 보인다.

2분 34초는 여섯 번을 비행해 알아낸

탑승 후 이륙과 착륙까지의 통계 시간이다.

케이블카

연식이 오래된 케이블카는 늘 불안하다.
낡고 녹슨 철판과 갈라진 고무 실링, 삐뚤빼뚤한 차창까지
사실 케이블카에서 가장 중요한 부분은
케이블의 내구성이지 않던가?
지나치는 반대편 케이블카는 순식간에 다른 세계로 빨려 가듯
구름 속으로 사라지고, 정상에 올라도 안개와 구름뿐인데
사람들은 주변의 무언가를 꼭 붙잡고 흥분을 감추지 못한다.
불안한 희열, 불안감 속으로 자신이 내던져지는 기분,
맛으로 표현한다면 톡 쏘는 매운맛?

강제 휴식

취재를 떠나는 날, 기상 악화와 항공사의 실수로
공항에 발이 묶이고 말았다.
긴 시간 출국장 안에서 딱딱한 의자,
차가운 벽에 기대어 몇 시간을 보내고
다시 한번 항의하니 그제야 귀빈실로 안내받았다.
이럴 거면 처음부터 큰소릴 내어
항의할 걸 그랬나 보다.
평생 소리를 지르지 않고 살 것 같았던
나는 오늘 평생 지를 소리를 모두 질렀다.
하지만 그 후 한동안 마음이 편치 않아 괴로웠다.

새벽 바다
걸어 보기

동이 트는 시간, 짙은 하늘색은
곧 바다로 물들어 구분할 수 없을지도 모른다.
그 둘을 구분 짓는 건 물결과 갈매기뿐.
바다는 큰 거울처럼 하늘과 함께 차가운 검푸른색에서
붉은 감귤색이었다가 맑은 하늘색으로 낯빛을 바꿨다.

낭독과
사색

시인은 자신의 글을
드넓은 바다에게 들려주고 있었다.
그의 시는 바닷속으로 스며들어
거대한 바다를 잠재울 것이다.

겨울,
따스한 모래 위를 걷다

겨울 바다로 간다.

사람들은 왜

겨울 바다로 떠나고 싶어 할까?

서해, 밀물 시간이 제한된 명사십리 끝에 서서
바다가 뭍을 감싸는 것을 보고 있다.
바다는 수년에 걸쳐 태양과 달의 힘을 빌려
뭍을 길들이고 매일 자신의 영역을 확인한다.

어둠을 가르는 틈으로 빛이 쏟아진다.
빛은 구름과 구름 사이를 오가며 바다 표면과 닿아서
이내 바다는 언제 어두운 비구름 가득했는지 모르게
황홀한 빛을 발한다.
언제나 시작의 끝에는 또 다른 시작이 있듯이
바다는 품에 감싸 안고 싶을 만큼 여릿하게 다가온다.

철길 따라
낯선 곳으로의 여행

너무나 조용해서 내리고 싶었던 간이역,
철길 주변에 깔린 자갈의 검은 그을음,
이곳을 지나가는 기차들의 흔적.

우리네 산

표암(豹菴) 강세황(姜世晃, 1713-1791) 선생은
'땅은 그곳과 인연을 맺은 사람 때문에 후세에 전해지는 것이지,
단지 경치가 빼어나서 전해지는 것이 아니다'란 글을
그의 그림에 적었다.
우리 산수는 언제나 눈에 선하게 그려질 만큼
우리의 마음속만 한 크기와 생김새를 가지고 있어
이 땅에 사는 민족에게 늘 사랑을 받는다.
이렇게 산과 강, 땅과 바다를 애지중지하는 민족이
어디에 또 있단 말인가?

황룡사
절터에서

겨울 경주, 앙상한 나뭇가지가 추운 겨울 들판의 바람을 더욱 차게 만든다. 목에 두른 머플러 안으로 목을 움츠리고 걷는다. 인기척이 느껴져 사방을 둘러본다.

'아무도 없다. 누구지?'

다시 걷기 시작한다. 순간, 바지 자락을 잡아당기는 힘에 아래를 보니 언제부터 따라왔는지 하얀 멍멍이 한 마리가 꼬리를 신나게 흔들며 내가 신기한 듯 고개를 갸우뚱거린다.

"너 어디서 왔니? 여기서 뭐해, 추운데? 심심해. 나랑 놀자."

이런저런 물음에 반응이 없자 놈은 흥미를 잃고 열심히 땅을 파기 시작한다. 이제 보니 주변이 온통 녀석의 흔적이다. 전생에 놈은 고양이였든가 아니면 이곳에서 기거하던 승려가 아니었을까.

강경 금강 미내다리,
옥녀봉에서

선배를 따라 그의 고향에서 잠시 시간을 보냈다.
선배는 그의 고향, 강경을 닮았다.
돌아갈 고향, 잠시 쉴 수 있는 곳이 있다는 것,
드높은 하늘과 깊고 깊은 강,
불어오는 바람마저도 부러웠다.

눈 구경을 위해 위험한 여행을 감행했다.

고속도로를 쌩쌩 달리는 차 안 공기가 점점 차가워진다.

라디오를 켜니 우리 앞에 폭설이 기다리고 있다고 한다.

천천히 조심스럽게 접근하여 폭설이 내린다는 곳

주변 마을에 짐을 풀고 내일 볼 눈을 상상해 본다.

긴장도 되고 흥분도 되고 겁이 나기도 한다.

지난겨울, 눈에 대비해 아무런 준비도 하지 않아

무척 힘들었던 생각에 올해는 체인과 방수제, 난로까지

비상시 필요한 것들을 철저하게 준비하며 밤을 보낸다.

그토록 기다리던 다음 날, 밤새 쌓인 눈밭에 나가

손바닥 위에 커다란 눈 결정을 올려놓자

반짝이던 눈이 이내 사르르 녹아내린다.

한 송이 한 송이 내리는 눈을 들판이 포근하게 감싸 안듯이.

슬로우 슬로우 슬로우

걷는 것보다
버스가 느리게 움직이면

흐린 날 눈이 부시게 눈이 내린다.
버스는 폭설 속에서 목적지까지 15분이면
도착할 거리를 한 시간이 넘도록 끙끙거렸다.
눈이 오는 날이면 계획한 촬영을 위해
온종일 눈 속에 파묻히거나 눈을 쫓아다니지만,
매일같이 내리는 눈에 조금 여유를 부리고 싶다.
차창 밖으로 시선을 던져 놓고 눈 구경, 거리 구경을 했다.
허우적거리고 종종걸음으로 걷는 사람들을 멍하니 바라본다.
뒷좌석에 앉아 몇 정거장이 지나도록 버스에서 내리기를
망설이던 젊은 커플의 대화가 귀로 흘러들어 온다.
"눈이 좋아, 비가 좋아?"
"눈보다 비가 더 위험하지 않나?"
"눈은 보이기라도 하지."
대화를 듣고 나니 난 눈이 좋았던가, 비가 좋았던가?
생각 좀 해 봐야겠다.

옛 도로 표지판을 따라 지방도의 번호를 숙지하고
새 길을 만나면 다시 시작되는 도로의 이름을
찾아 지도를 훑어본다.
인근에 큰 고속도로가 만들어지면서
이곳 낯선 공터는 길을 잘못 찾아 들어온
이방인들을 맞이하고 있다.
거칠었던 큰 눈은 이제 진눈깨비가 되어 내리고
불안했던 마음들은 눈 녹듯 사라진다.

쌀자루 눈썰매의
기억

땅 위로 큰 눈이 내려 두꺼운 듯 얇은 쌀자루에 앉아
내리막을 타고 내려왔다.
엉덩이와 등에 돌부리가 박히는 건 피할 수 없다.
쌀자루 썰매가 잘 나아가지 않는 길은
다리를 벌려 발을 구르고 밀면서 가다 보니
타는 길보다 밀고 다니는 길이 더 많았다.
그때는 그저 사랑스러운 동기들과 깔깔거리는 맛이 좋았고,
함께라면 뭐든 재미졌다.

둘 사이의
안정감

손녀와 할비는 일정한 거리를 두고 스케이트를 타고 있다.
할비와의 거리가 벌어질 때면
손녀는 두 팔과 다리를 바쁘게 움직여
할비 모습이 그녀의 반짝이는 두 눈에
안심이 되는 크기가 될 때까지 다가갔다.

강변 썰매

올해 한탄강이 꽁꽁 얼었다.
영하 15도의 날씨가 연일 계속되고
하늘과 주변 공기에도 습기가 전혀 느껴지지 않는다.
이른 새벽, 밤잠 설치고 나온 가족이 어젯밤 늦게까지
만든 합판 썰매를 기차처럼 줄줄이 연결한다.
썰매 날로 쓰인 굵은 철사의 길이 덜 들어서 그런가,
아니면 작년보다 부쩍 커 버린 아이들이 무거워서 그런가?
썰매를 끄는 아빠의 몸이 느리고 힘겹다.

겨울비

차디찬 겨울비가 내린지 얼마지 않아
바람이 한번 크게 불더니 함박눈이 되어 흩날린다.
쓰던 우산을 접고 머리 위 쌓이는 눈의 무게가 정겨워
두리번 뚜벅, 두리번 뚜벅. 미소 지으며 두리번거린다.
앞서 내린 비 때문인지 한참 눈이 내리는데도 쌓이지는 않고
바닥에 닿은 눈에게 먼저 내린 비가 '넌 눈이 아니고 비라고,
같이 떨어졌잖아, 기억 안 나니?'라고 다그치는 것 같다.
조금 더 걸으니 우산을 접어 손에 쥐고 걷는 이가 많다.
'당신들도 눈을 기다렸군요.
오늘 귀가 시간은 좀 늦어질 것 같네요.'

고집

1985년 겨울 공터, 우린 어눌한 말싸움 중이다. 내가 틀렸다는 걸 알면서도 내 편을 들어주지 않는 아이들이 미워서 끝까지 고집을 피웠다. 오랫동안 동네에서 골목대장 노릇을 하며 한때는 그들의 반짝이는 눈동자에서 믿음과 신뢰를 느낄 수 있었지만, 그 빛이 이제는 사라지고 있다는 걸 알고 있었다. 오래 집권을 하다 보면 구성원의 불만과 불안이 쌓이기 마련이니까.

'못내 아쉬운 게냐? 이 집단의 우두머리 질이?'

작지만 짜릿하고 달콤한 권력의 맛을 놓치기 싫어 아쉬워하며 마지막 손가락을 걸고 매달려 있는 모양이라니….

'놓고 싶다. 놓아야 한다. 더 큰 세상이 널 기다린다. 정녕 모르겠느냐?'

소복이

네모나고 평평한 아파트에 거주하는
나는 내린 눈으로 결이 고아진
전통 가옥 지붕 구경에 빠져
새벽부터 남의 동네를 서성인다.
어젯밤 내린 눈은 아직 아슬아슬하게
처마 끝에 걸려 서로를 포개고 부둥키고 앉아 있다.
동이 터오고 해가 오르자 반짝반짝 빛나는 눈들의 결정,
신부가 새 옷을 입은 듯 뽀얗게, 환하게 빛이 머문다.

눈가루

허름한 민박에서 하룻밤을 보내고 이른 아침 툇마루에 앉아
하얀 밀가루 같은 눈이 떨어지는 것을 보고 있다.
겨울이니 눈일 것이라 생각을 하는 것이지
사실 안경 없이는 분간이 가지 않는 하얀 물체.
칠흑같이 어두웠던 마당 안, 흰 가루가 떨어져 앉아
하나둘씩 명암을 찾아가고 금세 마당이 환해졌다.
조용히, 천천히 빛 덩어리들이 떨어진다.
어젯밤 벗어 둔 안경은 대체 어디로 간 걸까?

까마귀

검은 까마귀 한 마리가 나뭇가지에 앉아
내게 정중히 사진 한 장을 부탁한다.
한 장 찰칵, 두 장 찰칵, 세 장 찰칵.
앗! 흔들렸다.
미안, 다시 한 장!

눈 내리는
속도에 맞추어

L.V. Beethoven

Piano Sonata No. 17. in d minor

Op. 31 No. 2 "Tempest"

- Sviataslav Richter

하얀 눈
가득한

하루 종일 눈이 내렸다.
하얀 캔버스 앞에 앉아 뭐라도 그리려면
머릿속까지 새하얗게 변하는 기분.
아무리 둘러봐도 온통 눈뿐이다.
눈, 눈, 눈!

여행 지도
보기

그즈음 시절엔 강원의 눈 내린 도로와 딱딱하게 얼어붙은
자동차 핸들, 매서운 추위만 기억이 난다.
운 좋게 다다른 목적지보다 조금 위험해 보이는
샛길에서 만난 풍경의 맛에 여정의 고단함과 지루함은
이내 즐거운 경험과 아름다운 생각으로 가득 차게 된다.
그러나 꼭 잊지 말고 기억해야 하는 것은 내가 지금 어디로
가던 중인지, 어디에 있는지를 지도에 표시하는 것이다.
매년 내리는 눈인데 기분 좋은 새로운 풍경이 자꾸만 보인다.

눈밭에서

눈밭엔 정해진 길이 없다.
누군가의 자취를 따라 편하게 걷거나
새로운 길을 만들며 불안한 걸음을 내디딜 뿐.
잠시 걸음을 멈추고,
가쁜 숨을 몰아쉬며 지나온 길을 되돌아본다.

감정을 기록한다는 것

처음 바위에서 떨어져 나온 모가 난 돌조각은 다른 돌멩이들과 부딪치고 소리 내며 뾰족한 부분이 자꾸만 금이 가고 깨져 나가는 것이 싫다. 부딪치지 않으려 몸을 움츠리고 피해도 보지만 역부족이다. 선배 돌멩이들은 그저 "부딪쳐, 버텨"라고 같은 말만 반복한다.

모가 난 돌조각은 선택해야만 한다. 그들처럼 굴러 둥근 돌이 될 것인지 아니면 모가 난 채로 땅속에 몸을 지탱하고 정착해 소신 있는 돌부리가 될지 말이다.

방대한 시각 미술을 학문으로 배우는 과정을 거치며, 그때부터 나는 난해한 문제들을 삼키지 못하고 쌓아왔다. 그 후 간간이 잊었던 것들이 예고 없이 머리 위로 올라올 때면 무언가에 이끌려 내달리던 시간 속 물음들에 괴롭힘을 당했다.

일상 속에서 마주하게 되는 시각적 미적 가치는 세상살이에 특별하고 적당한 답을 찾아 주지는 않지만, 우리가 고민하는 문제와 그것을 찾아가는 과정, 그리고 잠시 다다른 임시 답들 사이의 긴장 관계 속에서 슬그머니 나타났다가 사라지곤 하는 크고 작은 단상을 보여 주었다. 그것을 기억하기 위해 나는 무의식적으로 행동하고 반응하는 습관을 고안해 낼 수밖에 없었다.

바로 기록이다. 삶 속에서 스치는 감정들을 기록하는 일이 모든 것의

해결이 될 수는 없겠지만 기록의 행위 안에서 개인의 삶과 사회 속 구성원간의 이해와 배려, 우리를 둘러싼 자연에 대한 순응과 조화를 이해하고자 했다.

계절과 시간을 달리하며 기록한 이 책의 사진과 글이 오감을 통해 느끼는 감정들로 이어져 특정한 인상을 남기고, 차갑고 딱딱한 세상 속에서 좋은 것을 닮으며 살아가도록 이끌었으면 한다.

순간을 감각적으로 받아들일 때 감정은 마치 필요한 선물을 받을 때처럼 물음의 해답이 되어 준다. 그것에는 아날로그 라디오처럼 소량의 잡음이 뒤섞이는 탓에 둔탁하고 때론 부정확하게 들릴 때가 많다. 순간 나타났다 사라져 버리기에 정밀하게 반복해 들여다보지 않으면 그 끄트머리를 놓쳐 버리기 일쑤다.

여기 1990년 초반부터 기록해 온 사진과 글 속의 여러 질문과 감정의 조각들이 우리의 삶과 서로의 감정을 조금은 다듬어 주고 확신을 주어, 앞으로 만날 수많은 날을 위한 재료로 쓰일 것이라 믿고 싶다. 좋은 감정과 생각을 만들어 내려는 노력이 세상이 주목할 만한 큰 변화를 일으키기에는 부족할지 모르지만, 이것을 마음에 두고 추구하는 것만으로도 충분한 의미가 있지 않을까.

가끔은, 느린 걸음

인쇄 – 2022년 7월 5일
발행 – 2022년 7월 12일
지은이 – 김병훈
발행인 – 허진
발행처 – 진선출판사(주)
편집 – 김경미, 최윤선, 최지혜
디자인 – 고은정, 김은희
총무·마케팅 – 유재수, 나미영, 허인화
주소 – 서울시 종로구 삼일대로 457 (경운동 88번지) 수운회관 15층
　　　전화 (02)720-5990　팩스 (02)739-2129
　　　홈페이지 www.jinsun.co.kr
등록 – 1975년 9월 3일 10-92

※책값은 커버에 있습니다.

글·사진 ⓒ 김병훈, 2022

ISBN 979-11-90779-61-6 03810